QUELQUES MOTS

SUR

VICTOR HUGO,

A PROPOS

DES VOIX INTÉRIEURES.

Le monument de cet homme,
est bâti pour les siècles!!!

Bordeaux:

Chez H. GAZAY, imprimeur, rue Gouvion, 14.

Septembre 1837.

À Mlle A.... de R......

Je connais votre passion pour l'art et vos sympathies pour les œuvres de notre grand poëte : cet opuscule ne pouvait donc mieux s'adresser qu'à vous ; c'est pour cela que j'ai pris la liberté de vous le dédier.

J. St.-Rieul Dupouy.

10 septembre 1857.

QUELQUES MOTS

SUR

VICTOR HUGO,

A PROPOS

DES VOIX INTÉRIEURES.

Le monument de cet homme,
est bâti pour les siècles ! ! !

Toutes les fois qu'une révolution se produit en littérature, elle éveille tous les esprits. Les plus légers comme aussi les plus sérieux s'en occupent ; les uns veulent en suivre seulement la marche et les développements, les autres s'y précipitent, et l'enthousiasme les suit.

Dans ce premier moment d'irréflexion, au milieu des emportements de la nouveauté, l'appréciation est difficile, on produit beaucoup, mais on juge peu ; la ferveur est grande pour les idées ; l'enthousiasme les attire à lui, les flatte, les loue ; il n'en est pas à qui on osât refuser le droit de cité. Aussi la confusion est-elle grande dans ce premier mouvement littéraire des esprits, les idées et les systèmes se pressent et s'entassent, les théories abondent, c'est un véritable chaos ; mais ce chaos est intelligent, et il en sortira quelque chose plus tard, quand le temps et la raison humaine auront dit : *fiat lux*.

Il faut donc que la raison humaine fasse sa tâche ; il faut qu'elle promène le flambeau de son investigation sur tout ce qui a été fait ou pensé ; hommes et choses doivent passer sous son jour. Alors la critique est sévère, l'examen rigoureux, le tribunal inexorable ; bien des idées sont rayées, bien des noms effacés ; c'est à peine s'il en restera encore quelques-uns debout, et ceux-là même auront encore à lutter contre un écueil non moins dangereux, *l'indifférence en matière d'art et de littérature*. — Traversez donc si vous le pouvez ; mais de quel nom que vous vous nommiez, prenez garde, les naufrages sont abondants de ce côté.

Ainsi, après que la raison et l'indifférence ont tour à tour balayé le sol littéraire ; au milieu de ces réputations échouées, de toutes ces gloires renversées, si nous apercevons quelque noble et grande figure, quelque gloire debout, à coup sûr, nous nous disons : cet homme qui a ainsi poussé sa vie à tous les vents, cet homme qui a heurté son génie à tant d'obstacles, cet homme qui est resté grand au milieu des ruines de presque toutes les grandeurs littéraires de son temps, certes cet homme est un colosse, et nous ne nous trompons pas.

Rappelons-nous ce qui est arrivé il y a quelques années ; — que de folles têtes, que de jeunes imaginations, que d'hommes de talent, même, se jetèrent dans le mouvement littéraire qui se faisait alors ; il y eut déluge de journaux et déluge de livres : *poésie*, *histoire* et *roman*, tout fut bon. — Beaucoup s'effrayaient même de cette *crue* de livres qui montait toujours à la surface de la société : mais les gens sérieux se prirent à rire ; loin d'opposer une digue à ce torrent de productions de tout genre, ils le laissèrent lentement déborder ; c'est que ceux-là avaient la conscience de l'avenir ; ils savaient que ce n'était qu'un accès de fièvre qui passerait quand le temps en serait venu.

En effet, qu'est-il resté, je vous le demande, et que restera-t-il de toutes les futilités enfantées par tant de cerveaux malades? rien, ou presque rien. Cependant, la révolution a été utile, grande, spontanée; elle a été courageusement servie il faut le dire, cette révolution littéraire qui est venue par un homme. — M. Victor Hugo l'a faite, en effet, presque seul et tout entière, ou du moins, il l'a faite avec des forces si prodigieuses, il s'est élevé si haut, et il a été si loin, que nul n'a pu le suivre; il est donc resté presque seul debout dans cette révolution littéraire, lui par qui elle était venue, lui qui l'avait seul comprise, et qui s'était trouvé assez de génie pour l'accomplir.

Tout ce que nous venons de dire peut donc se réduire à ceci : que l'avenir est à l'homme dont la force a été assez intelligente, le génie assez puissant, pour triompher de l'examen de la raison et de l'indifférence littéraire de son temps ; autrement dit, que si cet homme est resté grand, c'est qu'il portait véritablement en lui les conditions de sa grandeur.

Tel a été ce me semble M. Victor Hugo : les haines littéraires se sont ameutées autour de lui; on l'a blâmé outre mesure ; on a crié au *barbare*; il a été en proie à la critique de cette *petite église classique* dont M. Nizard est le pontife : critique mordante, acérée, brutale souvent, injuste toujours; tout le monde sait du reste, aujourd'hui, ce que c'est que la critique, et comment elle se fait.

Certes, il me semble qu'il y aurait une curieuse histoire à écrire aujourd'hui ; et je m'étonne qu'aucun talent sérieux ne se soit employé à cet œuvre. Faire l'histoire de la critique dans ces derniers temps, ce serait dévoiler l'injustice, les sourdes haines, les turpitudes d'une coterie embusquée dans les rangs obscurs du feuilleton, depuis que le feuilleton a remplacé les livres. Car aujourd'hui on lit la critique d'un li[vre ou d']un drame avant d'avoir vu ou lu; on va au théâtre p[arce] ou bien on n'y va pas; on lit le livre, ou on ne le lit ; [suiv]ant que la *critique* loue ou blâme; la foule abdique ainsi son droit; elle abdique son intelligence; elle croit sans examen, et son bon sens naturel, elle l'immole au jugement de je ne sais trop quel cuistre, qui a beaucoup d'audace et un peu de style, et qui vient flétrir et blasphémer aujourd'hui, ce qu'il vénérait hier.

Il n'y a donc pas moyen d'échapper à cette libre censure qui prend un homme de génie et le réduit aux plus mesquines proportions : espèce de minotaure édenté qui engloutit et qui dévore à plaisir toutes les gloires et toutes les renommées, celles qui sont à naître et celles qui sont nées ; il faut donc, parce qu'on est homme de génie, passer par les mains de la *critique*, au risque d'en sortir tronqué, défiguré, sans vie ; misérable cadavre livré aux vers et au scalpel !

Ce n'est pas tout, car en outre que la *critique* soit souvent injuste ou haineuse, mettant l'individu à la place de la *foule* qui doit juger par sa bouche ; dans tous les cas, la *critique* peut-elle exister ?

Je la conçois par exemple s'exerçant sur les choses positives, portant les clartés de son jour, sur des questions de haute portée : ainsi, dans les sciences exactes, j'admets comme incontestable la supériorité de certains hommes ; à ceux-là, le droit de critique, parce que d'abord leur haute raison s'appuie sur des faits, et que là où il y avait une *erreur* ils mettront la *vérité*. Mais l'art, n'échappe t-il pas à la critique ? Comment juge-t-on les œuvres qui sont de son ressort ? Qui est-ce qui les juge ? Un mathématicien pourra-t-il juger un poète ? Un musicien pourra-t-il juger un peintre ? Et puis, l'homme qui n'a pas d'imagination, ne s'emportera-t-il pas toujours contre cette merveilleuse faculté ? L'art n'a donc pas de loi générale d'après laquelle on puisse porter un jugement. — Vous direz, il est vrai, que l'art, c'est le beau dans sa forme la plus idéale ; mais où est le type du beau ?.... La beauté est une abstraction que l'esprit devine plutôt qu'il ne la conçoit ; or, cette abstraction se trouve bien réalisée si vous le voulez ; dans le sens commun de la masse, l'individu collectif la possède ; elle se révéle à lui ; mais pour cela, il faut l'effort spontané de la multitude, l'individu parti el ne peut rien ; il est trop resserré dans les étroites limites de son intelligence. Il ne peut que mal voir et juger à demi, il y a donc de ces œuvres que la critique individuelle ne saurait embrasser.

Or, s'il est des œuvres qui réclament le jugement de la masse, disons aussi pour achever notre idée, qu'il est des hommes qu'elle seule a le droit de juger. Qui dit en effet les *œuvres d'un homme*, dit cet homme ; et par conséquent qui juge ses *œuvres*, juge l'homme ; voilà donc le privilége de la foule intelligente, de cette foule dont les instincts n'ont pas été trompés ; elle seule a le droit de dire son dernier mot sur les hommes de génie ; ils lui appartiennent, parce qu'ils l'expriment, parce qu'ils la résument dans leur vie et dans leurs écrits : complets comme elle, ils se réfléchissent en elle et elle en eux, aussi vastes, aussi compacts l'un que l'autre ; encadrez donc après cela, si vous le pouvez, le *Jugement dernier* de *Michel-Ange*, dans un cadre de six pieds, ou ce qui revient au même, le génie de M. Victor Hugo, dans *l'individualité* de M. Nizard, ou de quelqu'autre Critique.

Pour ce qui est de M. Victor Hugo, il a toujours eu pour lui le jugement éclairé de la masse, qui s'est montrée en cela équitable et sincère, en assignant à l'illustre écrivain le rang qu'il occupe. Quant à ces oppositions de tout genre que sa gloire a suscitées et suscite encore, elles sont venues, chacun le sait, de ses ennemis.

Comme elle a été traversée cette belle vie du poète ! comme il a eu à souffrir de ceux même qu'il croyait ses meilleurs amis ! comme l'envie et la jalousie ont aboyé autour de cette grande renommée qui avait pour elle les justes respects du monde ! — Mais que pouvaient toutes ces vaines colères contre celui que M. de Châteaubriant avait salué, dès ses débuts, du titre glorieux *d'enfant sublime!* horoscope que le siècle tout entier avait ratifié en lui donnant le nom de *Grand*, et, certes, chacun sait si le poète a failli à sa gloire. — Depuis ce jour, chacune de ses œuvres nouvelles, *drame*, *poésie* ou *roman*, a été un progrès dans la voie qu'il s'est ouverte. Beaucoup ne seront pas de mon avis , je le sais , M. Nizard entr'autres , a dit : et qui plus est a écrit : *que M. Victor Hugo n'était plus l'homme de ses débuts,* que ses dernières *productions donnaient de l'inquiétude à ses meilleurs amis ,* qu'a voulu dire M. Nizard en parlant de la sorte ?.... A t-il cru détruire, en le niant, le *progrès* qui est la première loi de l'humanité ? Et qu'est-ce encore *que cette inquiétude des meilleurs amis* de M. Victor Hugo ?.... Voilà une phrase passablement cafarde ; — toutefois, il est facile d'y entrevoir la pensée du Critique : *Amis de M. Victor Hugo ,* veut dire ici, sans nul doute, *amis* de M. Nizard. Mais pourquoi remuer des cendres mortes, et redonner la vie à des pages dont l'oubli a depuis long-temps fait justice ?...

Non , certainement, M. Victor Hugo n'est plus l'homme de ses débuts ; mais il n'a pas changé pour cela. Dans l'homme littéraire, comme dans l'homme politique, quand ils accomplissent une mission , il y a quelque chose qui les pousse à leur insu à achever ce qu'ils ont commencé ; les hommes de génie ne changent pas, ils se transforment', ils se développent, ils se complètent, ils se finissent en quelque sorte eux-mêmes. — Et remarquez, que c'est toujours à ce moment critique de leur vie littéraire ou politique, que la foule cesse de les comprendre !....

M. Victor Hugo n'a donc pas changé, seulement il s'est développé, parce que telle est la nature du génie de toujours s'agrandir.

Avez-vous lu les *Voix intérieures ?* ce dernier chef-d'œuvre du grand poète, *cet écho mystérieux* que les choses de ce monde ont éveillé en lui ; jamais le sentiment lyrique, cette faculté dont M. V. Hugo est doué à un si haut degré, ne s'est plus merveilleusement rencontrée que dans ce dernier volume : — Poésie large, pleine, harmonieuse, sentiment exquis de la forme, pensée toujours claire et nette, toutes les pompes, toutes les magnificences de l'ode, et aussi toute la grâce simple et touchante de la poésie descriptive, voilà quant à la forme littéraire du livre ; maintenant, quant au fond, lisez les pièces à *des Oi-seaux envolés, Soirée en mer, Que Dieu est toujours là, Au vicomte E. Hugo, Avril, Passé, Pensar durar*, etc. Tout cela est délicieux, voilà de la belle et grande poésie ! Voulez-vous quelque chose de plus élevé, de plus philosophique, lisez en-core la pièce sur *l'Arc de Triomphe de l'Étoile*, et celle sur *la mort de Charles X*, ces deux choses si différentes en appa-rence, le poëte a trouvé là des élans sublimes. — On pleure, et on frissonne en lisant ces deux fragments du livre de M. Vic-tor Hugo ; le sort du roi tombé vous intéresse et vous touche, le néant des choses humaines vous préoccupe !—Où sont les peu-ples de l'antiquité ?... Où est-elle cette Grèce si puissante sous Alexandre ? Où est Thèbes aux cent portes ? Où est Memphis ? Où sont-elles toutes ces vieilles cités du monde antique ; dor-ment-elles dans leurs sillons ?... En lisant *l'Arc de Triomphe de l'Étoile*, toutes ces pensées se pressent et s'agitent dans vo-tre cerveau, la société antique est morte, c'est bien !............

Mais dans trois mille ans, où sera-t-elle cette Europe, qui tremblait au seul froncement du sourcil de Napoléon?.... Où sera la France ?.... Le poëte va vous l'apprendre !..... Paris est détruit ; il ne reste plus que trois monuments debout sur ce sol semé de tant de ruines : la *Cathédrale*, avec ses deux tours massives, échouées là-bas dans les brumes de l'horizon, la *Colonne*, avec un homme à son sommet, et *l'Arc de Triom-phe*, couronné de son aigle éternel. La Seine est silencieuse, et roule ses eaux au travers de ce cimetière d'hommes et de mo-numents. Certes, l'idée est grande !... Elle est vraie!... Elle vous jette bien loin, dans l'avenir des siècles, et là, en face de la destruction universelle, elle vous dit : — Méditez !...

Mais voyez à quoi tiennent les choses ? Ce même sujet que M. Victor Hugo vient de traiter en si grand poëte, *l'Arc de Triomphe de l'Étoile*, l'Académie l'avait proposé au concours. Or, un de ces jours, elle se réunira en séance générale pour couronner le vainqueur, un de ceux probablement dont la

verve est toujours prête à heure fixe ; alors (1), M. Bignan ,
Boulay Paty ou tout autre, se présentera avec sa brochure of-
ficielle sous le bras, et l'Académie donnera le prix à quelque ode
au moins aussi remarquable par le style et l'originalité, que les
Cantates Mecklembourgeoises de MM. Scribe et Dupaty.....
O la grande Académie !......... Je ne m'étonne plus si elle n'a
pas voulu de Monsieur Hugo !....

Cependant , quel homme eût été plus digne que M. Victor
Hugo, d'aller s'asseoir à côté de M. de Chateaubriand ? M. Victor Hugo , cet homme qui a produit tant de chefs-d'œuvre ;
lui, qui ouvrait sa carrière en jetant comme un essai, ses *odes
et ballades*, qui dotait la France des *Orientales* et des *Feui-
les d'Automne*, qui écrivait *Hernani*, *Marion Delorme* pour
le Théâtre-Français ; *Lucrèce Borgia* pour le théâtre de la
Porte Saint-Martin , en même temps qu'il élevait le roman, ce
simple récit, à la hauteur du drame , et du plus beau drame,
M. Victor Hugo, chose inouïe ! Cet homme si puissant par tous
ses côtés, cet homme qui avait tout embrassé, tout développé,
tout compris, le drame, la poésie et le roman, eh bien ! l'Académie lui a préféré M. Dupaty (toujours le M. Dupaty de la
cantate).En vérité, voilà bien de quoi étonner l'avenir !.....

Quoi qu'il en soit, et malgré les dédains de la docte académie;
malgré les haines et les jalousies de tout genre qui ont assailli de
toute part la gloire du grand poète, il n'en a pas moins gardé la
place où son génie l'avait élevé. Roi de son époque, il l'occupe,
il la domine, il la remplit; chacune de ses paroles a un écho ,
chacun de ses livres une portée, un but, que l'esprit général
n'avait d'abord qu'aperçu, mais dont il commence à se rendre
compte. Comme tous les hommes supérieurs, M. Victor Hugo

---

(1) Cet article destiné à une revue de Paris, était fait dix jours après
l'apparition du volume de M. Victor Hugo: l'Académie n'avait pas pro-
noncé son jugement; ce n'est que deux mois après qu'elle a donné le
prix de poésie, et l'on sait à qui.

est en avant de son siècle, et c'est peut-être ce qui a multiplié les obstacles sous ses pas.

Remarquez un autre caractère du talent de M. Victor-Hugo : c'est qu'il s'empreint toujours de l'actualité ; il y a , dans tous ses livres, une large part de sympathie pour toutes les luttes où l'esprit humain est engagé ; de là , sans doute , cette immense curiosité qui s'attache à chaque nouvelle publication de l'écrivain.

M. Victor Hugo est placé à l'entrée de son siècle pour en chanter, pour en reproduire tous les traits , toutes les gloires ; aussi, est-il toujours mêlé à toutes les questions qui s'agitent autour de lui. — Vient-on à parler de l'Orient? la question est grave, tous les esprits y inclinent, M. Victor Hugo chante l'Orient. Qui n'a lu les *Orientales*, ce livre qui semble nous être venu sur les ailes de quelque gracieuse houri , cet espèce de palais de fées où l'imagination se promène toujours au milieu des plus merveilleuses féeries ; en effet, comme c'est bien là l'Orient avec ses cieux étoilés, ses déserts où le vent soulève un sable d'argent , ses tartanes qui glissent le soir sur les flots bleus, ses minarets, ses dômes, ses mosquées, toute cette architecture de l'Orient où la lune brode le soir mille arabesques, ses sérails aux mille cascades dans des bassins de marbre , ses jardins remplis d'orangers, de femmes et d'eunuques ; ce livre est comme un rêve où l'esprit est toujours bercé au milieu d'un atmosphère de lumières et de parfums : — Vous entendez, par moment, des harmonies, c'est le bal qui tourbillonne. Voyez-vous cette jeune fille, cette enfant d'Andalousie que la walle emporte , elle rit et folâtre la pauvre fille, et demain, pourtant, la mort viendra la prendre pour l'endormir dans le cercueil!— plus loin, c'est l'indolente Sara qui se berce au courant d'une eau claire; le flot donne des baisers à ce corps si beau ; la baigneuse est bien belle, bien blanche, on voudrait être flot pour l'embrasser aussi! —Et cette autre jeune fille, qui court là-bas au soleil sans jamais hâler son teint, ses cheveux flottent au vent; elle traverse les plaines sans en courber les épis, elle vole comme vole la demoiselle ! — En vérité, moi aussi j'avais bien rêvé l'Orient, mais j'avoue que je ne désirai plus le voir quand j'eus lu, pour la première fois, les Orientales de M. Victor Hugo.

Dans les *Feuilles d'Automne*, cet autre chef-d'œuvre de M. VictorHugo, nous trouvons des pièces qu'il suffirait de citer, pour prouver, aux Critiques de mauvaise foi, que ce n'est point de la *poésie matérielle*, que cette belle poésie, où le sentiment est toujours exquis; la *Prière pour tous*, cette pièce si populaire aujourd'hui, est un chef-d'œuvre de naïveté et de vérité; est-il possible de dire des choses plus simples, et de les revêtir d'une plus belle poésie !..

Voilà bientôt deux ans que la société est fatiguée; qu'elle hésite suspendue entre le doute et la foi; rien ne se fonde, l'ordre social de l'avenir est tous les jours mis en question. — Les *chants du Crépuscule* (l'avant dernier volume de M. Victor Hugo) sont des reflets de cet *étrange état crépusculaire*, qui, comme le dit l'auteur lui-même, se fait sentir aujourd'hui par-tout : *dans les idées comme dans les choses*, dans la *société* comme dans les *individus*, lisez et relisez les *chants du Crépuscule*, vous y trouverez de la poésie lyrique et de la poésie du cœur: *à la Colonne*, *à Napoléon II*, *au duc d'Orléans*, *et à l'homme qui a vendu une femme*, *Espoir en Dieu*. *Oh ! ne méprisez pas*, *Au bord de la mer*, *Date Lilia*. Il y a dans tous ces vers quelque chose qui repose l'âme et l'agite doucement; on respire dans ce livre ; on est plus calme, bien qu'on se sente entraîné vers l'avenir. Ce demi-jour caresse délicieusement la pensée, et ce *doute* n'est point un tourment pour le cœur. Lisez donc les *chants du Crépuscule*.

Parmi les œuvres que M. Victor Hugo a écrites pour le théâtre : *Hernani*, *Marion Delorme*, *Lucrèce Borgia*, révèlent une grande puissance dramatique; *Lucrèce Borgia* surtout est une œuvre de premier ordre qui a sa place à côté des plus beaux chefs-d'œuvre de *Schakespeare*. *Le Roi s'amuse*, ce drame qui n'a eu qu'une représentation, est peut être un des plus beaux ouvrages de la scène française; peu d'œuvres dramatiques, en effet, ont acquis autant de popularité. — Or, une popularité constante, soutenue et éclairée, c'est bien le plus bel éloge qu'on puisse faire d'une œuvre d'art.

Tout le monde se souvient de ce premier moment où fut si violemment agitée la question de la *peine de mort*. M. Victor Hugo ne fut pas le dernier à l'œuvre; le *dernier jour d'un condamné* est un plaidoyer plein d'éloquence, en faveur de ces malheureux que la société a condamnés à mourir; rien de plus satisfaisant que l'analyse des dernières pensées, des dernières sensations de ce malheureux, cette lutte de la vie et de la mort est terrible; on souffre malgré soi en lisant ce livre; on se sent suspendu entre la terreur et les larmes. — *Han d'Islande* et *Bug-Jargall*, les deux premiers romans de M. Victor Hugo, témoignent d'une grande richesse d'imagination et d'un style étincelant de vie et de couleur; mais *Notre Dame de Paris* restera incontestablement comme un des plus beaux monuments de la littérature contemporaine. Quoi, en effet, de plus beau que ce livre, pour lequel M. Victor Hugo semble avoir créé une langue à part! n'est-ce pas bien là le roman tel que notre époque l'avait compris? quels caractères!... quel style!.... quelles mœurs!..... Comme tous ces personnages s'agitent, vont et viennent dans cette action, qui marche avec tant de suite et d'intérêt, à travers les magnifiques descriptions du Paris du XVme siècle !..... Quelle créature idéale que la *Esméralda*, la pauvre petite Bohémienne, la danseuse des rues; qu'elle est belle et touchante! comme ce *Phœbus* est butor, comme il comprend mal cet amour si pur et si désintéressé de la jeune fille! il n'y a que *Quasimodo* qui sache aimer la *Esméralda* comme elle doit être aimée. — *Quasimodo*, le sonneur de cloches, orphelin, sourd, bossu, boiteux, le type de la laideur physique; mais quelle belle âme sous cette enveloppe grossière, sous ces dehors hideux !..... *Claude Frollo, l'archidiacre*, est un personnage sombre, grave, austère; la science, l'amour et la vengeance se partagent. Cet homme, *Claude Frollo*, c'est tout l'enfer dans le cœur d'un prêtre : *Jehan Frollo* est un petit mauvais sujet que continuent de nos jours les *Etudiants* et les *Écoliers*. Pierre Gringoire, le Roi de Thunes, etc., sont des types exhumés vivants du XVme siècle; en résumé, ce livre est un grand chef-d'œuvre. Trois chapitres du reste, dans cet ouvrage immense, les *Cloches, la Cathédrale et Paris à vol d'oiseau*, suffiraient pour faire la réputation d'un grand écrivain.

Voilà, en bien peu de mots, et bien sommairement exposées, les principales œuvres de M. Victor Hugo; mais il est, ce me semble, encore d'autres titres qui lui donnent plus droit à la mémoire de l'avenir. C'est sa courageuse résistance aux attaques dont il a été l'objet; c'est sa persistance, c'est cette noble audace à réaliser une idée, à poursuivre une tache qu'il a glorieusement remplie; en effet, que de choses n'a-t-il pas faites cet homme?.......... Il a lutté de toute la force de son génie et de sa volonté; il a battu en brèche la vieille école, opposant aux vieux chefs-d'œuvre, des chefs-d'œuvre nouveaux, hardi novateur, révolutionnaire intelligent, c'est lui qui a détrôné la vieille littérature, et les vieilles idées, et le vieux style; c'est lui qui a porté dans le monde la foi littéraire nouvelle. Original, quand personne ne l'était plus, docile à la voix de son propre génie qui le menait; s'étudiant, se cherchant lui-même, il est arrivé ainsi, par le plein développement de ses facultés, à s'élever au-dessus de tous. Et remarquez ici, en passant, combien grande a été la modération de cet homme qui venait pour la ruine du passé. Puissant dès ses débuts, écouté, admiré, a-t-il jamais insulté à cette pauvre littérature de l'empire qui tendait la main à l'avenir?...... Cependant il en avait en quelque sorte le droit, car il tenait dans ses mains le présent et l'avenir littéraire de la France; le mouvement n'était possible que par lui; il en était le centre et la fin, et toutes les intelligences y gravitaient; les masses étaient remuées au théâtre par ses drames; toutes les imaginations s'exaltaient aux richesses de cette merveilleuse poésie, qui n'avait pas eu de devancière; le passé était abandonné. —

Toutefois, disons-le hautement : en travaillant à la ruine

du passé, M. Victor Hugo n'a jamais eu l'idée d'en détruire les chefs-d'œuvre; il ne l'a point non plus répudié. Seulement, il a voulu rendre aux idées leur simplicité, leur vérité et leur liberté; il a, en quelque sorte, émancipé le style; il a voulu élargir le cercle, si fatalement éradié autour de notre belle langue; il a voulu lui rendre ses tours hardis, et ses immenses richesses; n'avait-on pas dit qu'elle était pauvre? Cependant, chacun sait comment le puissant génie de M. Victor Hugo en a triomphé, comment il l'a domptée et pliée à tout, cette pauvre langue, qui a fait tant désespérer ses devanciers!...

Enfin, le dix-septième et le dix-huitième siècle, le siècle de Louis XIV et de Voltaire, n'avaient long-temps vécu que de la *Grèce* et de *Rome*; ils s'étaient l'un et l'autre épuisés dans l'imitation des vieux chefs-d'œuvre de l'antiquité, si bien que, d'imitation en imitation, nous en étions venus à des pauvretés sans nombre, comme celles qui ont traversé les derniers jours de l'empire et les premiers jours de la restauration : où allions-nous ainsi, je vous le demande, si M. Victor Hugo ne fut venu nous doter d'une langue véritablement *française?*

J. St.-Rieul Dupouy.

Paris, 8 juillet 1837.